D. O. M.

A MONSEIGNEUR

J. B. P. L. BERTEAUD

ÉVÊQUE DE TULLE

A SON RETOUR DE ROME.

DISTRIBUTION DES PRIX

DU PETIT-SÉMINAIRE DE SERVIÈRES

31 JUILLET 1867.

POITIERS

TYPOGRAPHIE DE HENRI OUDIN

RUE DE L'ÉPERON, 4.

1867

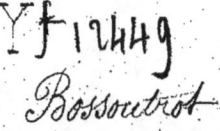

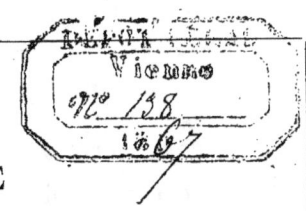

CANTATE

A

MONSEIGNEUR BERTEAUD

ÉVÊQUE DE TULLE

A SON RETOUR DE ROME.

UN ÉLÈVE DE TROISIÈME.

O Père bien-aimé, tu reviens parmi nous !

Et nous voyons encor ton front sublime et doux !

Et ta main nous bénit, et ta lèvre en nos âmes

Distille avec amour ses enivrantes flammes.

Notre lyre frémit d'elle-même en nos doigts,

Et nos cœurs à chanter provoquent notre voix.

Tout en ces lieux sourit de son plus doux sourire,

O Père bien-aimé, laisse-nous te le dire :

Cette félicité sans mélange et sans fiel

Tombe, comme un rayon, de ton œil paternel.

UN ÉLÈVE DE SECONDE.

Regarde à tes côtés, regarde : la nature

Revêt pour te fêter sa plus riche parure;

Le torrent qui s'enfuit dans son lit tortueux

Roule plus lentement ses flots impétueux ;
Les chantres de nos bois ont un plus doux ramage,
Le chêne plus joyeux balance son feuillage ,
La rose a plus d'arome , et le lis argenté
Eclate plus brillant au regard enchanté.
Tout te bénit, t'exalte et t'aime sur ce bord ,
Et s'enivre de joie en te voyant encor.

CHŒUR.

Enfants , il faut céder à l'élan qui nous presse ,
   Disons nos hymnes d'allégresse,
   Chantons , chantons en chœur :
   A cette heure prospère
   Amour, louange , honneur
   A notre tendre Père !

UNE VOIX.

Notre lyre frémit d'elle-même en nos doigts,
Et nos cœurs à chanter provoquent notre voix.

UNE AUTRE VOIX.

O Père bien-aimé , laisse-nous te le dire ,
Tout en ces lieux sourit de son plus doux sourire.

UNE AUTRE VOIX.

La rose a plus d'arome , et le lis argenté
Eclate plus brillant au regard enchanté.

C.

CHŒUR.

Enfants, il faut céder à l'élan qui nous presse,
Disons nos hymnes d'allégresse,
Chantons, chantons en chœur :
A cette heure prospère
Amour, louange, honneur
A notre tendre Père !

UN ENFANT.

Pontife vénéré, vois nos pères émus
Pour t'offrir leur hommage en ce jour accourus ;
Vois nos mères encor, nos mères fortunées,
Sous ta main qui bénit humblement inclinées ;
Et ces jeunes enfants, tendre et timide essaim,
Heureux de reposer tranquilles sur ton sein ;
De tes prêtres vaillants la phalange nombreuse
Se presse à tes côtés triomphante et joyeuse.
Tu viens, et l'allégresse est partout en ces lieux,
Et des larmes de joie inondent tous les yeux.

CHŒUR.

A cette heure prospère
Chantons, chantons en chœur :
A notre tendre Père
Amour, louange, honneur !

UN ÉLÈVE DE SECONDE.

Quand l'ange du printemps réveillait la nature,
Et parait nos coteaux de fleurs et de verdure,
Vous vîntes parmi nous, et l'antique manoir
Resplendissait d'amour et de joie et d'espoir.
Vous nous dîtes : « Enfants, priez pour votre Père,
« Je pars, je vais du Christ contempler le Vicaire ».
Nos âmes exhalaient les vœux les plus ardents,
Et le ciel écouta le cri de vos enfants.

UN ÉLÈVE DE RHÉTORIQUE.

Vous partiez, confiant votre cité chérie
Au regard vigilant de l'auguste Marie.
Votre peuple accouru dans ce jour au saint lieu,
Priant, vous attendait pour le dernier adieu.
Quels transports dans les cœurs jeta votre parole
Lorsqu'elle résonna sous la vaste coupole !
Des vieillards, des enfants les pleurs baignaient les yeux,
Quand, votre âme en émoi se répandant sur eux,
Vous leur disiez : « Je cours vers la Ville éternelle
« Où du Père commun la grande voix m'appelle,
« Cette voix qui du ciel révèle les secrets,
« Et dont le Tout-Puissant affermit les décrets.
« Mais je ne vais point seul : vers ces rives lointaines,
« Vos cœurs au mien liés par d'infrangibles chaînes
« Me suivront, et là-bas ensemble réunis
« Par le Roi des pasteurs nous serons tous bénis ! »

CHANT.

Anges, gardiens fidèles,
Abritez sous vos ailes
Le pèlerin ;
Dissipez les nuages,
Ecartez les orages
De son chemin.

UN ÉLÈVE DE PHILOSOPHIE.

Vous alliez plein d'ardeur aux sentiers d'Italie,
Lorsque soudain l'antique et docte Massilie
Brûla d'entendre votre voix.
Riche des dons du ciel, n'en soyez point avare :
Successeur de Martial, aux enfants de Lazare
Chantez Jésus, Rome et la croix !

UN ÉLÈVE DE RHÉTORIQUE.

Mais la vague frémit, et le flot vous appelle,
Jaloux de vous porter vers la Ville éternelle.
O Méditerranée, entre toutes les mers
Ton nom éclate dans l'histoire.
Que de fois sur ton sein se heurta l'univers,
Pour repousser l'opprobre ou conquérir la gloire !
Rome et Jérusalem sur tes flots si fameux
Appellent tour à tour mes illustres aïeux.

Les apôtres de l'Évangile,
Des rivages bénis où vécut le Sauveur,
Courent sur ton onde docile
Vers les peuples plongés dans la nuit de l'erreur.
C'est dans la ville aux sept collines
Que Pierre vient jeter les semences divines ;
Et Paul, après avoir instruit les nations,
Pour son Jésus bravé les persécutions,
Paul viendra, quand la croix de Pierre sera prête,
Sous le glaive incliner martyr sa noble tête ;
Et Martial, animé du souffle inspirateur,
Porte au loin sur ces flots le rayon rédempteur.
Il franchit les torrents, les bois, les précipices.
Salut, enfin, salut, terre des Lémovices.
Tes enfants les premiers parmi les fiers Gaulois
Sauront le nom du Christ et vivront sous ses lois !

UN ÉLÈVE DE SECONDE.

Et le vaisseau s'ébranle, et d'un élan rapide
S'enfuit loin des regards sur la plaine liquide.
Mais quelle est cette voix qui soudain sur les flots
Charme les pèlerins, ravit les matelots ?
N'est-ce pas le cri des poëtes
Qui jadis illustra ces bords ?
N'est-ce pas le chant des prophètes
Avec leurs célestes accords ?

UN ENFANT.

Non, c'est la voix de notre Père,
Qui se mêle aux soupirs de la brise légère.
C'est la voix de notre Pasteur,
Qui près du mât qui se balance,
Entouré d'une foule immense,
Chante Dieu, l'Église, la France
Et la Mère du Rédempteur !

UN AUTRE ENFANT.

Hélas ! des milliers de victimes
Ont péri dans les noirs abîmes
De l'Océan cruel.
Prions pour notre Père, enfants, prions le ciel.

CHANT.

Vierge douce et fidèle,
Notre lèvre vers toi jette le cri du cœur.
Dirige sa nacelle
Vers la Ville éternelle,
Et que le flot dompté baise son pied vainqueur.

UN ENFANT.

Marie entend nos vœux, accueille notre hommage,
Et le léger esquif bientôt touche au rivage.

UN ÉLÈVE DE PHILOSOPHIE.

Rome, salut, salut, phare de l'univers,
Reine et mère à la fois de cent peuples divers,
Séjour élu de Dieu, noble cité de Pierre,
Foyer toujours ardent d'amour et de lumière !

UN ÉLÈVE DE RHÉTORIQUE.

Rome prédestinée au Vicaire du Christ,
Où sur les sens vaincus vit et règne l'esprit,
De l'univers conquis splendide métropole,
Dont le nom est béni de l'un à l'autre pôle !

PREMIER ÉLÈVE.

Rome, jamais l'erreur et les vices impurs,
Le ciel te l'a promis, n'envahiront tes murs,
Des naufragés toujours le port sûr et tranquille,
Et des grandes douleurs l'inviolable asile !

DEUXIÈME ÉLÈVE.

Rome, brillant écrin des plus riches trésors,
Gardienne des tombeaux des plus illustres morts,
Et du sang des martyrs fécondante rosée,
Par le glaive cruel mille fois arrosée !

PREMIER ÉLÈVE.

Rome, où trône à jamais l'auguste Vérité,
Modèle de vertu, temple de sainteté,
Contre toi c'est en vain que le monde s'agite,
Tel que le flot brisé que l'aquilon irrite ;

DEUXIÈME ÉLÈVE.

O Rome, non, jamais les peuples et les rois
N'auront de liberté qu'en marchant sous tes lois.
Le Dieu qui t'a donnée à son royal Vicaire
Dans tes mains a placé le destin de la terre !

CHŒUR.

Partez, fils des Césars,
Allez sous d'autres cieux chercher d'autres remparts.
Enfants de Romulus, posez le diadème.
Vous fûtes allaités par un flanc trop cruel.
Jésus, bonté suprême,
Sur vos dieux renversés élève son autel.
Votre glaive a broyé le monde
Dans l'amertume et dans le fiel.
Le Vicaire de Dieu de ce ferment immonde
Va créer le peuple immortel.

UN ÉLÈVE DE SECONDE.

C'est lui qui dispense la gloire
Au juste du monde vainqueur: .

C'est lui qui flétrit la mémoire

De l'impie et du séducteur.

Les fiers conquérants de la terre

Dans leur sépulcre solitaire

Dorment à jamais dans l'oubli.

Le martyr tombe sous le glaive,

Mais lorsque sa main le relève,

Il vit pour toujours ennobli.

UN ÉLÈVE DE TROISIÈME.

Les méchants autour de ton trône

Rugissent pour le renverser ;

Ils voudraient ravir la couronne

Que sur ton front pour nous le ciel voulut placer.

Hélas ! faibles enfants, les armes meurtrières

Accableraient notre bras impuissant ;

Mais un autre pour nous combat sous tes bannières,

Ensemble nous bravons l'ennemi menaçant :

Nous donnons notre obole, et lui donne son sang [1].

Qui montre la terre promise

CHANT.

Le voilà, le nouveau Moïse,

Le doux et fier libérateur,

---

1. Monseigneur a bien voulu se charger d'offrir cinq cents francs au Souverain Pontife au nom des Professeurs et des Élèves du Petit-Séminaire pour un soldat pontifical.

Qui montre la terre promise
Aux fils bien-aimés de l'Église,
Au peuple choisi du Seigneur.

CHŒUR.

Chantons Pie IX Pontife et Roi !
De Jésus il est le Vicaire,
De l'univers il est le Père.
Que tout s'incline sous sa loi ;
Chantons Pie IX Pontife et Roi !

UNE VOIX.

Son front paternel s'illumine
D'un sourire tranquille et doux ;
Quand pour bénir sa main s'incline,
Le flot de la grâce divine
Descend sur le peuple à genoux.

UNE VOIX.

Mais que ses larmes sont terribles
Au méchant qui les fait couler !
Si vous demeurez insensibles,
Sur vos légions invincibles
Vous verrez le monde crouler.

UN ENFANT.

On dit que tu verses des larmes
Bien souvent sur des fils ingrats,
Qui te plongent dans les alarmes,
Et contre toi lèvent leurs bras.

UN AUTRE ENFANT.

Malheureux ! craignez la puissance
Du Seigneur, maître des humains.
Quoi ! vous provoquez sa vengeance,
Et votre vie est en ses mains !

PREMIER ENFANT.

Voyez-vous la feuille arrachée
Au rameau qui fut son soutien,
Tomber et périr desséchée
Dans la poussière du chemin ?

DEUXIÈME ENFANT.

Ainsi le méchant que Dieu frappe
Soudain disparaît sous ses coups,
Et jamais le crime n'échappe
A son légitime courroux.

PREMIER ENFANT.

Mais le ciel entend la prière
Que le juste fait dans son cœur :
« Dieu , suspendez votre colère,
« Arrêtez le glaive vengeur ! »

DEUXIÈME ENFANT.

« A moi la croix , le sacrifice ,
« La mort , les poignantes douleurs ;
« Mais, ô Jésus, soyez propice.
« Grâce , grâce pour les pécheurs. »

PREMIER ENFANT.

Et comme dans son agonie
Le Sauveur triomphe du ciel ,
Le juste qui pleure et qui prie
Retient le bras de l'Éternel.

UN ÉLÈVE DE SECONDE.

Jadis Rome écoutait vos accents magnanimes
Célébrant de la foi les illustres victimes
Dans l'arène qui but leur sang.
Et le monde ravi voyait votre parole

Décerner au martyr la brillante auréole,
Et la honte au bourreau désormais impuissant.

UN ÉLÈVE DE TROISIÈME.

Mais le peuple à grands flots se presse et s'accumule,
Car on a dit partout que l'évêque de Tulle
    Va de nouveau jeter sa grande voix.
Rome accourt, elle vient à vos pieds se répandre,
    Avide encor de vous entendre
    Proclamer les divines lois.
Vous enseignez Jésus, Jésus! amour, lumière,
    Force, puissance, vérité,
    Et de son immortel Vicaire
    L'impérissable royauté.

UN ÉLÈVE DE PHILOSOPHIE.

Vous avez entendu cet appel vénérable :
« Frères, je vous attends, revenez en ces lieux ».
Et bientôt votre pied toujours infatigable
De Rome reprendra le sentier glorieux;
Car Dieu conservera, propice à ma prière,
    Au diocèse un généreux pasteur,
    A son Eglise une grande lumière,
    Un tendre père à notre cœur !

UN ÉLÈVE DE RHÉTORIQUE.

Quand l'aurore paraît souriant à la terre,
Quand l'astre-roi se lève éclatant de lumière,
L'aigle rapide, impétueux
Abandonne son aire,
Et bondit vers les cieux.
Voyez dans le volcan immense
Comme il s'abîme et se balance ;
Et puis redescendant des sublimes hauteurs,
Il vient sur ses aiglons secouer ses splendeurs.

UN ÉLÈVE DE TROISIÈME.

Vous venez du foyer où brille la lumière,
Qui mieux que le soleil illumine la terre ;
Votre œil a contemplé le rayon éternel,
Le Vicaire du Christ et l'oracle du ciel.
A vos enfants ouvrez votre âme,
Laissez sur eux tomber cette vivante flamme
Qui conduira leurs pas au séjour immortel.

UN ÉLÈVE DE PHILOSOPHIE.

Il faut quitter ces murs bien-aimés de Servières.
Enfants, à l'appel de nos mères
Courons au foyer paternel.

Adieu, berceau de notre enfance,
Où nous vivions de foi, d'amour et d'innocence
A l'ombre de l'autel.
Mais partout, Monseigneur, vous serez notre guide,
Du monde et de l'enfer vous nous rendrez vainqueurs,
Car nous emporterons, comme une sainte égide,
Et le nom de Pie IX et le vôtre en nos cœurs.

CHŒUR.

Enfants, cédons encore à l'élan qui nous presse,
Disons nos hymnes d'allégresse ;
Chantons, chantons en chœur :
A cette heure prospère
Amour, louange, honneur
A notre tendre Père !

BOSSOUTROT,
Prêtre, professeur au Petit-Séminaire.

POITIERS. — TYPOGRAPHIE DE HENRI OUDIN.

POITIERS
TYPOGRAPHIE OUDIN.

www.ingramcontent.com/pod-product-compliance
Lightning Source LLC
Chambersburg PA
CBHW061521170626
46811CB00004B/1789